AF459474

11 juillet 1900

V

Db.

TABLEAUX ANCIENS

Marbres Antiques

PROVENANT DE LA

COLLECTION DU CARDINAL DESPUIG

Il y a des exemplaires avec les planches des tableaux et d'autres avec les planches des antiques. Celui-ci a les deux suites de planches et a été formé par la réunion de deux exemplaires.

PARIS, 1900

CATALOGUE

DE

Tableaux Anciens

DES XVe, XVIe, XVIIe ET XVIIIe SIÈCLES

ŒUVRES IMPORTANTES

DE

Barthélemy de Bruyn et Bernard Van Orley

ET AUTRES DE

C. BÉGA, J. BOSCH, D. FETI, FRANCK
GIORDANO, GOYA, JUAN DE JOANNES, SEGHERS, WEENIX, ETC.

MARBRES ANTIQUES

LE TOUT PROVENANT DE LA

Collection du cardinal Despuig

ET DONT LA VENTE AURA LIEU

HOTEL DROUOT, SALLE N° 6

Le Mercredi 11 Juillet 1900

A DEUX HEURES ET DEMIE

COMMISSAIRE-PRISEUR

Me PAUL CHEVALLIER, 10, rue Grange-Batelière

EXPERTS

Pour les Tableaux :	*Pour les Marbres :*
MM. FÉRAL PÈRE ET FILS	**MM. ROLLIN & FEUARDENT**
54, Faubourg-Montmartre, 54	4, rue de Louvois, 4

EXPOSITION PUBLIQUE

Le Mardi 10 Juillet 1900, de 1 heure 1/2 à 5 heures 1/2

CONDITIONS DE LA VENTE

Elle sera faite au comptant.

Les acquéreurs paieront *cinq pour cent* en sus des prix d'adjudication.

N.-B. — La vacation commencera par les Marbres.

Paris. — Imprimerie Georges Petit, 12, rue Godot-de-Mauroi.

Désignation

TABLEAUX ANCIENS

AUGUSTIN (François)

N° 1 — *La Vierge et l'Enfant.*

D'après MURILLO.

BASSAN (Jacques)

N° 2 — *Sujet religieux.*

Bois. Haut., 33 cent.; larg., 50 cent.

BEGA (Cornelis)

N° 3 — *Villageois au repos dans un intérieur.*

Bonne peinture largement exécutée.

Signé à gauche, en toutes lettres.

Toile. Haut., 48 cent.; larg., 71 cent.

BOSCH (Jérome)

N° 4 — *L'Enfer.*

Triptyque en deux cadres.

Composition animée de figures fantastiques, démons, diablotins, scènes burlesques familières à l'artiste.

Les deux volets de ce triptyque ont été réunis dans le même cadre.

Curieuses peintures sur bois.

Le panneau central mesure : Haut., 98 cent.; larg., 58 cent.
Chacun des volets mesure : Haut., 98 cent.; larg., 28 cent.

N° 5

BRUYN (Barthélemy de)

École allemande du XVIe siècle.

N° 5 — *L'Adoration des Mages.*

La Vierge, portant l'Enfant Jésus, est assise à droite. Saint Joseph est debout à ses côtés. Les mages, agenouillés, offrent des présents.

Des serviteurs les accompagnent, en diverses attitudes recueillies.

On aperçoit dans le fond une ville entourée de remparts, une rivière sillonnée de bateaux et, dans la campagne, un berger et son troupeau de moutons.

Important et précieux tableau de la plus remarquable finesse, digne du pinceau des Van Eyck, dont l'artiste continua l'école.

Bois. Haut., 1 m. 78; larg., 1 m. 10.

CALCAR (Jean-Stéphanus)

(Attribué à)

N° 6 — *L'Alchimiste.*

Vigoureuse peinture.

Toile. Haut., 1 m. 20; larg., 1 mètre.

CARRACHE

(École d'ANNIBAL)

N° 7 — *Adam et Ève au Paradis terrestre.*

CARAVAGE

(Attribué au)

N° 8 — *Saint Sébastien agenouillé.*

CIMABUE

(École de)

N° 9 — *La Vierge et l'Enfant Jésus entourés de saints personnages.*

Fond et rehauts d'or.

Bois cintré du haut.

Haut., 75 cent.; larg., 43 cent.

COXIS (Michel)

(Attribué à)

N° 10 — *La Vierge et l'Enfant Jésus.*

Tableau dans le sentiment des Vierges de Raphaël.

Bois cintré dans la partie supérieure.

Haut., 71 cent.; larg., 48 cent.

FETI (Domenico)

N° 11 — *La Madeleine.*

Assise, dépouillée de ses bijoux, et dans l'attitude de la méditation.

Toile. Haut., 1 m. 05 cent.; larg., 95 cent.

FRANCK

N° 12 — *Le Sauveur du Monde.*

Peinture sur cuivre.

FRANCK

N° 13 — *La Vierge en prière.*

Peinture sur cuivre.

FRANCK

N° 14 — *La Nativité.*

Cuivre. Haut., 34 cent.; larg., 26 cent.

FRANCK

N° 15 — *Le Christ et ses disciples.*

Cuivre.

GIORDANO (Luca de)

N° 16 — *Vieillard en buste.*

Cadre en bois sculpté.

Toile. Haut., 48 cent.; larg., 35 cent.

GIOTTO

(École de)

N° 17 — *La Résurrection du Christ.*

Intéressante composition de vingt-sept figures.
Peinture avec fond et rehauts d'or.

Bois. Haut., 1 m. 04; larg., 73 cent.

GOYA (Francesco)

N° 18 — *Portrait présumé du fils de l'artiste.*

Toile. Haut., 55 cent.; larg., 45 cent.

GOYA (Francesco)

(École de)

N° 19 — *Portrait de la reine Marie-Louise d'Espagne.*

HEYDEN (Van der)

(Attribué à)

N° 20 — *Vue de ville.*

Effet de soleil couchant avec figures, dans la manière d'A. van de Velde.

Bois. Haut., 23 cent.; larg., 36 cent.

HOMS (Gaspard)

(Attribué à)

N° 21 — *La Multiplication des pains.*

JOANNES (Jean de)

(DEUX PENDANTS)

N° 22 — *La Flagellation.*
N° 23 — *Le Christ portant la Croix.*

Bonnes peintures sur bois.

Haut., 61 cent.; larg., 41 cent.

LINGELBACH (Jean)

N° 24 — *Paysage avec figures.*

Toile. Haut., 78 cent.; larg., 1 m. 02.

LUCAS DE LEYDEN

(École de)

N° 25 — *Le Christ soutenu par un pontife.*

Bois. Haut., 71 cent., larg., 54 cent.

MANTEGNA (Andrea)

(École de)

N° 26 — *Le Christ en Croix, des anges et plusieurs saints personnages.*

Fond de paysage avec ville fortifiée et soldats entrant dans une citadelle.

Bois cintré dans sa partie supérieure.

Haut., 85 cent.; larg., 58 cent.

MATSYS (Quentin)

(Attribué à)

N° 27 — *Le Christ à mi-corps, soutenu par sainte Madeleine.*

Bois. Haut., 17 cent.; larg., 11 cent.

MORALES

(Genre de)

N° 28 — *Le Christ, en buste.*

MOSTAERT (Jean)

(Genre de)

N° 29 — *L'Adoration des Mages.*

Dans un temple à colonnes, ouvert sur la campagne.

Fin tableau.

A droite, on remarque un papillon, qui pourrait être la signature du peintre.

Bois cintré. Haut., 63 cent.; larg., 42 cent.

N° 30

ORLEY (Bernard van)

N° 30 — *La Vierge et l'Enfant aux raisins.*

La Vierge, assise sur un tertre, dans un paysage, les cheveux blonds ondulés encadrant son visage, un voile blanc fixé sur sa tête et flottant sur ses épaules, soutient de ses mains l'Enfant qui se dresse hors de son berceau et tend une grappe de raisins à sa mère.

Au fond, des collines boisées, un cours d'eau, des constructions, des figures et des animaux sous un ciel chargé de nuages.

Beau et important tableau de l'artiste et d'une remarquable finesse d'expression.

Bois. Haut., 1 m. 15 ; larg., 84 cent.

ORLEY (Bernard van)

(Attribué à)

N° 31 — *L'Adoration des Mages.*

Triptyque.

Le panneau du centre représente la Vierge assise sur un trône et tenant l'Enfant Jésus sur ses genoux. A sa droite, un mage en prières. A sa gauche, saint Joseph debout devant un trépied supportant un vase d'or.

Sur le volet de droite, un mage portant un manteau doublé de fourrure et le collier de la Toison d'Or. A ses pieds, un singe tenant une pomme. Sur le volet de gauche, le mage éthiopien.

Fond de paysages avec montagnes bleuies à l'horizon.

Sur les faces extérieures des volets, deux figures en grisailles.

Cet intéressant triptyque nous semble être une œuvre authentique de B. Van Orley, exécutée par l'artiste avant son voyage en Italie.

Le panneau du centre mesure : Haut., 1 m. 26; larg., 80 cent.
Chacun des volets : Haut., 1 m. 30; larg., 36 cent.

N° 31

ORRIZONTI

N° 32 — *Paysages avec figures, constructions et cours d'eau.*

Suite de quatre tableaux.

PERUGIN

(École du)

N° 33 — *Saint Sébastien.*

Fond de paysage.

Bois. Haut., 1 m. 30; larg., 54 cent.

RAPHAEL

(D'après)

N° 34 — *La Transfiguration.*

Bois. Haut., 46 cent.; larg., 42 cent.

REMBRANDT

(École de)

N° 35 — *Portrait d'un jeune homme.*

ROOS DE TIVOLI

(DEUX PENDANTS)

Nº 36 — *Chèvres et Moutons.*

R. V. S.

Nº 37 — *Évêque tenant un Évangile.*

Cuivre.
Signé : *R. V. S., 1604.*

SALERNE (André de)

(Attribué à)

Nº 38 — *L'Adoration des bergers.*

Fond de paysage avec architecture.

Bois. Haut., 1 m. 20; larg., 90 cent.

SEGHERS (Daniel)

Nº 39 — *Fleurs ornant un bas-relief.*

Au centre duquel se présente une figure de femme.
Fine peinture sur toile.

Toile. Haut., 90 cent.; larg., 71 cent.

SEGHERS (Daniel)

N° 40 — *Fleurs ornant un motif d'architecture.*

Au centre duquel on remarque la Vierge et l'Enfant Jésus.

Toile. Haut., 78 cent.; larg., 57 cent.

SWANEVELDT (Hermann)

N° 41 — *Paysage accidenté animé de figures.*

Signé à gauche en toutes lettres, et daté : *1640*.

Toile. Haut., 50 cent.; larg., 75 cent.

TERBURG (Gérard)

(Attribué à)

N° 42 — *Portrait de femme.*

Debout devant une table, vue à mi-jambes, les mains croisées tenant un éventail.

Joli petit portrait.

Haut., 43 cent.; larg., 32 cent

VERNET (Joseph)

(D'après)

N° 43 — *Marine avec bateau échoué à l'entrée d'un port.*

VOLAIRE (Jacques)

Nº 44 — *Vue de Civita-Vecchia.*

Toile. Haut., 1 m. 37; larg., 1 m. 75.

WEENIX (Jean-Baptiste)

Nº 45 — *Halte devant l'auberge.*

Très bon tableau, d'une exécution vigoureuse et d'un ton lumineux.

Signé en toutes lettres et daté.

Bois. Haut., 38 cent.; larg., 18 cent.

WEYDEN (Roger van der)

(École de)

Gerard David

puis comtesse de Bearn
vente Nemes 1912, n. 17

Nº 46 — *Le Christ descendu de la Croix, pleuré par la Vierge, saint Jean et sainte Madeleine.*

Intéressante peinture sur bois.

le reste chez Widener

ÉCOLE DE BRUGES

Nº 47. — *La Nativité.*

Fond d'architecture et de paysage.

Bois. Haut., 43 cent.; larg., 35 cent.

ÉCOLE ESPAGNOLE

N° 48 — *Portrait de femme tenant un éventail.*

ÉCOLE FLAMANDE

(XVIIe siècle)

N° 49 — *La Vierge couronnée,*
en adoration devant l'Enfant Jésus.

ÉCOLE HOLLANDAISE

N° 50 — *Paysage d'Italie avec figures et animaux.*

Signé à droite du monogramme : *LWS.*

Bois. Haut., 30 cent.; larg., 16 cent.

ÉCOLE HOLLANDAISE

(XVIe siècle)

N° 51 — *Le Christ descendu de la Croix.*

Vers le fond, le Calvaire et des montagnes bleuies.

Bois. Haut., 35 cent.; larg., 28 cent.

ÉCOLE ITALIENNE

(xve siècle)

N° 52 — *La Vierge, l'Enfant Jésus et de saints personnages.*

Triptyque sur fond d'or.

ÉCOLE ITALIENNE

(xviie siècle)

N° 53 — *Saint Jean écrivant l'Apocalypse.*

Au premier plan, un ermite en prières.

Bois. Haut., 42 cent.; larg., 38 cent.

ÉCOLE ITALIENNE

(xviie siècle)

N° 54 — *Saint Ignace de Loyola.*

Tableau en broderie de soie.

MARBRES ANTIQUES

La plupart de ces sculptures proviennent de fouilles faites à l'*Ariccia* par le cardinal Don Antonio Despuig, archevêque de Séville. A l'époque romaine, *Ariccia* était un petit municipe latin, peu important, gouverné par des dictateurs, et situé à 16 milles de Rome, au pied du mont Albain. Les voyageurs de la Voie Appienne y prenaient leur premier relai. Vers la fin du XVIIIe siècle, un peintre écossais, Gavin Hamilton, acheta à la famille Chigi le droit d'y explorer une vigne où l'on pensait retrouver le sanctuaire de la nymphe Égérie. Si la nymphe elle-même avait inspiré ce projet, elle était devenue moins bonne conseillère que du temps de Numa Pompilius, car Hamilton y perdit sa fortune. Mais les fouilles furent reprises, en 1787, par le cardinal et continuées jusqu'en 1796. Une abondante moisson de marbres, toute la décoration d'une maison de campagne patricienne, fut la récompense du prélat, et le musée Despuig, à Raxa (île de Majorque), devint bientôt une des collections célèbres de l'Europe. Un catalogue du musée a été publié à Palma, en 1845, par Don Joaquin Maria Bovér (*Noticia de los museos del cardenal Despuig*), avec une série de planches lithographiées, et M. Hübner a revisé ce travail dans ses *Antike Bildwerke in Madrid* (Berlin, 1862).

N° 55 — Double terme de Jupiter Ammon.

Bonne sculpture romaine du temps des Antonins. Le masque de l'Ammon d'Alexandrie a presque la même noblesse que celui du Jupiter grec. Le front est ridé, la barbe courte, la bouche entr'ouverte et encadrée dans de longues moustaches. Bien que les deux têtes soient absolument pareilles, il se peut qu'elles représentent deux dieux différents : Ammon et Bacchus libyen. L'une a de grandes cornes de bélier ; les cornes de l'autre sont moins fortes et ressemblent plutôt à celles de l'antilope de Barbarie. Leurs bouts recourbés s'enchevêtrent dans les cornes d'Ammon, afin de mieux marquer la parenté étroite qui existait entre les deux divinités.

Marbre blanc.

Bovér, p. 105, n° 69 (pl. . — Hübner, p. 304, n° 764. — Overbeck, *Kunstmythologie*, t. II, 289.

Voir la planche.

Haut., 52 cent. — Restaurations insignifiantes.

N° 56 — Tête d'Apollon.

Réplique antique de la tête de l'Apollon du Belvédère. Très bonne conservation. — Ariccia.

Marbre blanc.

Bovér, p. 113, n° 99. — Hübner, p. 306, n° 794.

Haut., 30 cent.

N° 57 — Tête de Bacchus jeune,

coiffée de la mitre et d'une épaisse couronne de fruits, de corymbes, de feuilles de lierre, de grappes et de pampres. Jolie sculpture d'après un modèle créé à l'époque hellénistique.

Marbre blanc. — Ariccia.

Bovér, p. 112, n° 94 (pl.). — Hübner, p. 306, n° 789.

Haut., 50 cent. avec le buste, qui est moderne. Le bout du nez et quelques menus détails de la couronne sont restaurés.

N° 58 — Tête de Silène,

couronnée de lierre en fleurs. Très jolie sculpture d'après un original grec.

Marbre blanc. — Ariccia.

Bovér, p. 101, n° 55. — Hübner, p. 302, n° 750.

Haut., 43 cent. avec le buste, qui n'est pas antique. Restaurations : le bout du nez, l'occiput et quelques folioles de la couronne.

N° 59 — Buste d'Hadrien,

plus grand que nature, revêtu d'une cuirasse ciselée. La tête se tourne à gauche ; sur le pectoral de la cuirasse, on voit un masque ailé de Méduse, tirant la langue ; sur les spallières, deux géants anguipèdes, dont les barbes sont taillées en coin et les serpents transformés en volutes décoratives. Ces figurines, de même que le masque de Méduse, imitent les sculptures d'ancien style. Le portrait de l'empereur est très travaillé et très ressemblant ; les prunelles sont évidées.

Marbre blanc. — Ariccia.

Bovér, p. 81, n° 14 (pl.). — Hübner, p. 296, n° 709.

Voir la planche.

Haut., 62 cent. — Sont modernes : le nez et quelques détails sans importance.

N° 60 — Buste de Sabine,

femme de l'empereur Hadrien. — Elle est coiffée d'un diadème; ses cheveux, ondulés sur le front, sont tressés en nattes qui s'enroulent autour de la tête en guise de couronne. Les prunelles sont ciselées.

Marbre blanc. — Ariccia.

Bovér, p. 89, n° 26 (pl.). — Hübner, p. 299, n° 721 (la confond avec Faustine mère).

Haut., 61 cent. avec le buste drapé qui est moderne. Restaurations : le nez, une partie de l'oreille gauche et un morceau du diadème.

N° 61 — Buste de Faustine mère,

presque à mi-corps, la main droite sortant de dessous la draperie. Les cheveux sont tressés en nattes qui s'enroulent successivement autour et au-dessus de la tête et donnent à la coiffure l'aspect d'un ouvrage en vannerie.

Très bon portrait, les prunelles ciselées. — Marbre blanc.

Bovér, p. 94, n° 38 (pl.). — Hübner, p. 300, n. 733 (la prend dubitativement pour Faustine jeune).

Haut., 68 cent. — Tête recollée, éraflure au bout du nez, quelques cassures aux oreilles et à la draperie ; restauration insignifiante au menton.

N° 62 — Buste de Faustine mère.

Le portrait est plus jeune que celui du numéro précédent, et la coiffure aussi n'est pas tout-à-fait la même. Le beau buste du musée de Florence (*Offices*, n° 116) ressemble de très près à celui-ci. Prunelles ciselées.

Marbre blanc. — Ariccia.

Bovér, p. 82, n° 17. — Hübner, p. 296, n° 712.

Voir la planche.

Haut., 73 cent. — Le buste drapé est moderne ; légère éraflure sur la joue droite.

N° 62

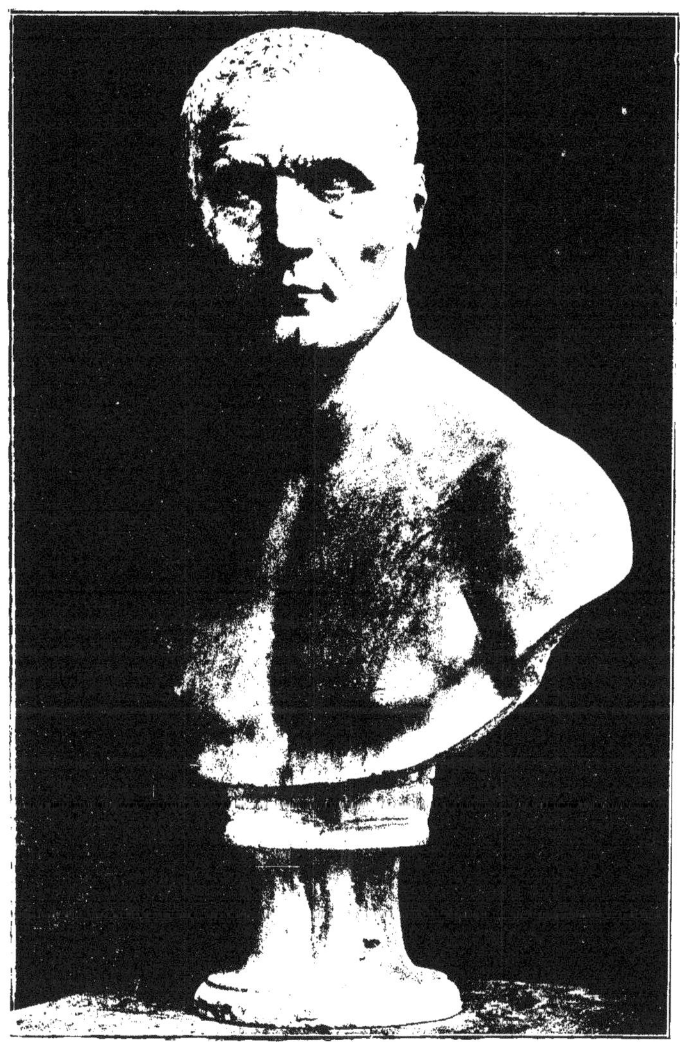

N° 63

N° 63 — Buste d'un personnage romain

de la fin de la République ou du commencement de l'Empire. Il est plus grand que nature et sans draperie. La tête se tourne à droite; le front est chauve et sillonné de rides, les cheveux sont coupés court, les joues glabres. C'est un magnifique portrait, très vivant et travaillé avec un soin minutieux.

Marbre blanc. — Ariccia, 1789 (d'après Bovér, p. 71, 6). — Hübner, p. 294, n° 694.

Voir la planche.

Haut., 58 cent. — Le bout du nez seul est restauré.

N° 64 — Mercure grec,

debout, le manteau sur l'épaule gauche; statuette acéphale. — Ce n'est plus qu'un torse, qu'on avait transformé en empereur romain, en lui donnant le sceptre et le globe; mais ce torse est de toute beauté, copié sur un excellent original grec du IVe siècle.

Marbre blanc.

Bovér, p. 91, n° 29 (pl.). — Hübner, p. 299, n° 724. — Reinach, *Répertoire de la Statuaire*, t. II, 571 (n° 2).

Haut., 1 mètre. — Parties modernes : les bras avec le globe et le sceptre, la jambe gauche, la jambe et la cuisse droites, un pli de draperie.

N° 65 — Silène.

Réplique d'une excellente sculpture grecque du IVe siècle. — La tête est un peu penchée, chauve, couronnée de lierre et de corymbes, la bouche entr'ouverte. Appuyé probablement sur un thyrse, le bonhomme se tient debout, écartant les jambes, qui fléchissent sous le poids du corps, et prenant la même attitude qu'une statuette célèbre placée derrière l'hôtel de ville de Bruxelles. Sur le dos, il a une pardalide dont les pattes sont nouées sous le col ; sur la poitrine, il porte une guirlande de fleurs en sautoir. Le modelé est admirable.

Satuette en marbre blanc. — Ariccia.

Bovér, p. 82, n° 18 (pl.). — Hübner, p. 297, n° 713. — Reinach. *Répertoire de la Statuaire*, t. II, 54 (n° 8).

Voir la planche.

Haut., 84 cent. — Manque : le bras gauche et la main droite avec une partie de l'avant-bras. Restaurations : les jambes, le nez, la lèvre supérieure, la barbe du menton et le bas de la pardalide.

N° 66 — Jeune athlète.

C'est un adolescent debout, sans draperie, les cheveux crépus, probablement un athlète victorieux. Le corps est d'un modelé remarquable et rappelle les plus belles sculptures grecques du IVe siècle, antérieures à Lysippe. La tête se penche légèrement, le bras droit s'écartait du corps, qui reposait sur la jambe droite.

Marbre blanc.

Bovér, p. 93, n° 35 (pl.). — Hübner, p. 300, n° 730. — Reinach. *Répertoire de la Statuaire*, t. II, 547 (n° 2).

Voir la planche.

Haut., 1 m. 33. — Tête recollée. Restaurations : jambes et genou gauche, tronc d'arbre et plinthe. Les bras manquent ; il n'en subsiste que la moitié du biceps gauche.

N° 65

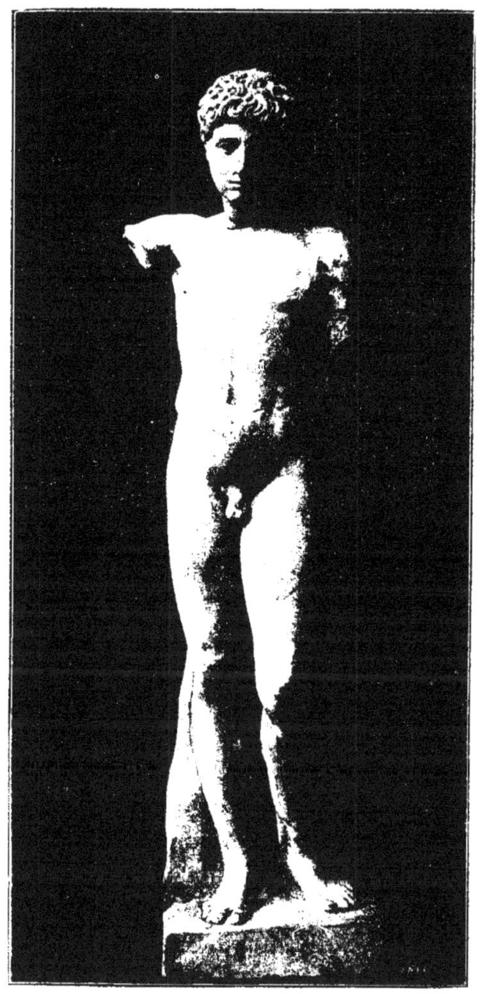

N° 66

N° 97

N° 67 — Silvain.

Belle statuette de l'époque d'Hadrien. La tête est couronnée de pin, les oreilles sont celles d'un bouc ; une peau de bouc, nouée sur l'épaule droite, est remplie de pommes et de grappes de raisin, que le dieu vient de cueillir et dont son bras gauche replié supporte le poids. La main droite tenait une faucille (non une houlette) ; la jambe gauche se retire un peu en arrière, les pieds sont chaussés d'endromides. Un chien de chasse, assis à côté de Silvain, tourne la tête vers son maître ; un tronc d'arbre sert de support à la statuette.

Marbre blanc.

Bovér, p. 95, n° 39 (pl.). — Hübner, p. 301, n° 734. — Reinach, *Répertoire de la Statuaire*, t. II, 43 (n° 3).

Voir la planche.

Haut., 1 m. 15. — Base antique. Le bras droit avec la houlette et les pattes de devant du chien sont modernes.

N° 68 — Fleuve couché,

probablement le Tibre. Barbu, la tête ceinte d'une bandelette, une poignée de joncs à la main gauche, il s'appuie sur une urne renversée. Ses genoux se replient, et sa main droite repose sur le genou droit.

Statuette romaine en marbre blanc ; IIIe siècle.

Bovér, p. 98, n° 47. — Hübner, p. 302, n° 742.

Haut., 35 cent. ; long., 47 cent. — Base antique.

N° 69 — Vénus d'Aphrodisias.

Petite statuette dans le genre de celles qui représentent Diane d'Éphèse. C'est une idole momiforme, serrée dans une longue tunique et parée d'un voile qui descend jusqu'à terre. Sur le devant, un bas-relief, en quatre registres, simule une étoffe brodée, dont voici les sujets :

1. Les bustes drapés du Soleil et de la Lune; leurs têtes sont modernes.
2. Le groupe des trois Grâces entre deux cornes d'abondance.
3. Vénus, assise sur un bouc marin, déploie son voile.
4. Trois petits Amours, tenant chacun un arc.

Une figurine à peu près pareille est gravée sur les monnaies d'Aphrodisias de Carie, et nous connaissons une dizaine de marbres, plus ou moins variés, qui la reproduisent.

Marbre blanc, provenant des environs de Rome.

Hübner, p. 308, n. 806. — *Mittheilungen des arch. Institutes in Athen*, t. XXII, 364 (G. Fredrich).

Haut., 34 cent. — La tête, le buste, les bras et la base sont modernes.

N° 70 — Génie mithriaque,

barbu, coiffé d'un bonnet phrygien et portant le costume oriental : tunique à manches longues, pantalon et souliers. Debout près du rocher de Mithras, les jambes croisées, il tient à sa main gauche un flambeau renversé.

Sculpture romaine du IIIe siècle, en marbre blanc.

Bovér, p. 103, n° 63. — Hübner, p. 303, n° 758.

Haut., 74 cent. — La tête a été recollée ; le bout du nez et les deux avant-bras avec les coudes sont modernes, mais la partie médiane du flambeau, adhérente au corps, est antique.

www.ingramcontent.com/pod-product-compliance
Ingram Content Group UK Ltd.
Pitfield, Milton Keynes, MK11 3LW, UK
UKHW021024180726
13838UKWH00004B/1619

9 782329 386416